Où se trouve la rue Saint-Michel ?

Loi n° 49.956 du 16 juillet 1949 sur les publications destinées à la jeunesse :
septembre 2001
Dépôt légal : septembre 2001
Imprimé en France par Aubin Imprimeur à Poitiers-Ligugé

Hiroko Mars

Où se trouve la rue Saint-Michel ?

ARCHIMÈDE

l'école des loisirs

11, rue de Sèvres, Paris 6e

Comment retrouver son chemin quand on se perd dans une grande ville ? Franchement, ce n’est pas toujours facile. Même quand cette ville est la vôtre…

Moi, j'habite rue Saint-Michel, à deux pas de la cathédrale. Mon père y est boulanger. La fumée qui monte vers le ciel, à droite, c'est celle de son four à pain.

Nous voici posant devant la boulangerie avec quelques amis du quartier. Papa et maman se reconnaissent tout de suite. Julien, l'apprenti, aussi, grâce à son costume à rayures verticales. Moi, Fabien, j'ai un pull à rayures horizontales. Ma petite sœur Nelly est debout à ma gauche. Derrière nous, se tient notre grande cousine, Nathalie, très fière de sa tenue sport.

Peyre

Aujourd'hui, à cause de Nathalie, Nelly et moi avons eu un peu peur. Elle nous avait emmenés à la fête foraine.

Et là, à un moment, nous nous sommes retrouvés tout seuls. Plus de Nathalie !

TOUR MAGIQUE
VOITURE
JEU

Nous sommes partis à sa recherche vers l'hôtel de ville, où se célébrait un mariage.
« Là-bas ! » a tout à coup crié Nelly en me montrant Nathalie qui était en train de traverser la rue.

Decoration Monet
CHARCUTERIE

Nous avons couru après notre cousine, mais trop tard. Elle avait déjà disparu. Et maintenant, nous étions perdus ! J'ai demandé mon chemin à un charcutier.

EUROPEENS
Montesquieu

Un peu plus loin, je me suis adressé à un chef cuisinier. « La rue Saint-Michel ? m'a-t-il dit. Prenez par la place du Théâtre. Mais attention, les enfants : aujourd'hui, c'est la fête de la Musique ! »

La place du Théâtre était noire de monde. La fanfare y jouait fort
Par chance, nous avons repéré Nathalie, qui se trémoussait
sur les marches, devant l'entrée.

BANQU

LES HALLES

Le temps d'essayer de la rejoindre, elle avait à nouveau disparu. À croire qu'elle le faisait exprès ! Une serveuse de la pizzeria des Halles m'a expliqué comment revenir rue Saint-Michel.

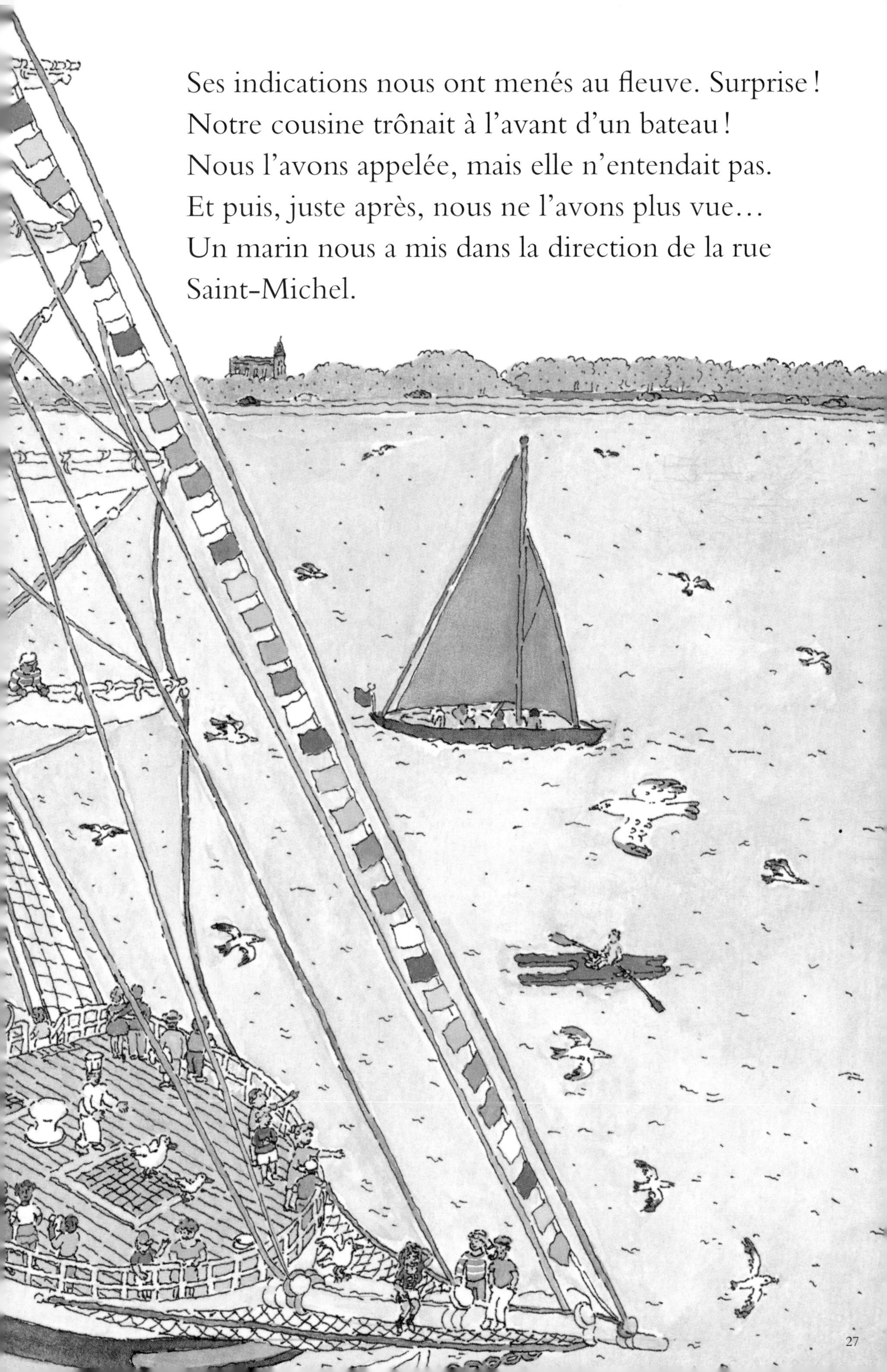

Ses indications nous ont menés au fleuve. Surprise ! Notre cousine trônait à l'avant d'un bateau ! Nous l'avons appelée, mais elle n'entendait pas. Et puis, juste après, nous ne l'avons plus vue… Un marin nous a mis dans la direction de la rue Saint-Michel.

Finalement, nous avons abouti à la Grande Porte.
De là, bien sûr, je savais comment rentrer chez nous.
Mais soudain, à nouveau, nous avons aperçu Nathalie.
Elle s'éloignait à grands pas dans la ruelle.

BAR DES AMIS
MELODIE

LOTO
CARROSSERIE
PUJOL
Dépannage
PUJOL
Dépannage

En essayant de la rattraper, nous nous sommes encore perdus ! « Il faut que vous preniez tout de suite à gauche, et la première à droite », m’a dit le guitariste au chien.

La rue indiquée débouchait sur la place de la Cathédrale.
« Tu fais tes courses, Fabien ? » m'a demandé la marchande
de fruits et légumes.
L'odeur du pain a guidé nos derniers pas jusqu'à la boulangerie.

Boulangerie
PAINS PATISSERIES

Là, tout le monde nous attendait. Nos parents ont été bien soulagés de nous voir revenir, ainsi que tous les amis de la rue Saint-Michel. Seule Nathalie n’avait pas l’air trop inquiète. « Eh bien quoi ? m’a-t-elle dit. Qu’est-ce que vous faisiez ? Je vous ai cherchés partout ! » En fait, elle semblait assez contente de sa promenade toute seule, et je me demande si elle nous a cherchés tant que ça…
Renaud
Horlogerie
Peyre
Fin